9788979448870

악마는 코 없는 구두를 신는다

악마는 코 없는 구두를 신는다

—

초판 1쇄 2024년 12월 2일
지은이 박인식
펴낸이 김영재
펴낸곳 책만드는집

—

주소 서울 마포구 양화로3길 99, 4층 (04022)
전화 3142-1585·6
팩스 336-8908
전자우편 chaekjip@naver.com
출판등록 1994년 1월 13일 제10-927호
ⓒ 박인식, 2024

—

* 이 책의 판권은 저작권자와 책만드는집에 있습니다.
  이 책 내용의 전부 또는 일부를 재사용하려면 양측의 동의를 받아야 합니다.
* 잘못 만들어진 책은 구입하신 서점에서 바꾸어 드립니다.

—

ISBN 978-89-7944-887-0 (04810)
ISBN 978-89-7944-354-7 (세트)

책 만 드 는 집
시인선 254

악마는 코 없는 구두를 신는다

박인식 시집

책만드는집

--- 시는 내가 홀로 있는 방식

페르난두 페소아의 이 시적 실존 방식에 빗댄

내 시는

내가 있음으로 없는 방식
내가 없음으로 있는 방식

바위에서 추락사한 그날, 뒤

내 운명의 상태는

살아 없는 상태로부터
죽어 있는 상태로 건너와

몸으로 없고 영혼으로 있는
몸으로 있고 영혼으로 없는

부조리의

상태니까

2024년 폭염 경보 내린 추석에
박인식

| 차례 |

4 • 시인의 말

1부

14 • 늦봄 고양이 하품 같은

16 • 모든 이름에 사무치는 글씨

18 • 나는 나를 감돈다

20 • 처럼--- 내 시간 사용법

22 • 모자는 잠이 없다

24 • 진달래만큼

26 • 얼굴만 나무인 걸까

28 • 귀와 혀의 버릇

30 • 운명 수평선

32 • 물과 물 사이

34 • 죽음보다 사랑이 슬프다

36 • 밥을 기다리며

2부

40 • 한없이 평행으로 나란히---둥글게

42 • 새벽 두 시는 엄마 발자국 소리로 온다

44 • 어머니로부터 나무에게로

46 • 별의 이름과 얼굴이 있어

48 • 엄마 나무

50 • 들녘의 사랑을 드셨다

52 • 저녁 냄새

54 • 아미니의 이름으로

3부

58 • 고구마의 8할에 대해

60 • 쑥과 도다리의 봄날에

62 • 시인과 닭

64 • 악마는 코 없는 구두를 신는다

66 • 숲과 꽃 그러나 숯

68 • 불탑의 이마

71 • 영혼말이 일곱--- 씻김굿 한 판

73 • 귀가 저리다

75 • 헤어스타일을 바꿀 때

76 • 신의 부름

78 • 봄날의 방황 같아

80 • 들어가는 비

4부

84 • 신과 짐승은 귀가 닮았을 것 같고

86 • 어떤 날들

88 • 어쩌면 그토록 미니멀하게

90 • 개미들

92 • 부조리의 절망

94 • 누가 생전의 모습을 보았다는 걸까

96 • 부조리의 시제

98 • 파스칼은 이렇게 말했다

100 • 부드러운 밤의 '또 꼭'

102 • 정삼각원형

104 • 신의 무관심으로부터 악마 본색으로

106 • 한없이 투명하게 가볍도록

5부

110 • 우주인 당신에게

113 • 어떤 바다의 화양연화

115 • 세로는 유쾌하게 탈출 중

117 • 갈라파고스 거북의 느긋함으로

119 • 여자 또는 남자 그리고 책

121 • 춘분의 숲에서

123 • 아무튼 우주

125 • 동어 반복

127 • 생일과 기일 사이

129 • 타인의 거울 속에서

131 • 환상방황이었더라

134 • 단 하나뿐인 숫자

136 • 돌아가셨습니다

6부

140 • 차마 볼 수 없었던 걸까

143 • 산을 방목시킬 무렵

145 • 내 눈 속에 누군가 있어

147 • 산 같았던 그 사내

149 • 나무처럼 풀처럼

151 • 오늘도 입산 그러나 출산

153 • 나그네는 길에서도 쉬지 않는 질문

155 • 모래 아니면 개미

157 • 해설 – 박주하

1부

늦봄 고양이 하품 같은

봄 햇살 양지바른 고양이 낮잠
고요로 와서 고요로 가고 있는 듯

묘하다

신의 권태로부터 눈 감은
태초의 영혼이 따사로운 듯

졸리다

나른한 게으름 내놓기에는
너무 모호하게 늦은 봄날도 따라

졸고

누구나 고양이처럼 기억을 졸 수는 있어도
아무나 고양이처럼 사랑을 졸 수는 없어

늦봄 고양이 하품 같은

아지랑이 몇 마리

고양이 낮잠 곁에

늦은 봄날과

졸립도록 미묘하게

사랑 나누고

모든 이름에 사무치는 글씨

사뭇이라는 글씨
사무치다라는 말씨가 낳았을까

바라보기만 해도 사뭇 하게 사무치는 씨가 되고 - - -

그리움이 외로움으로 사무칠 때
나는 사뭇 너일 수 있을까

외로움이 그리움으로 사뭇 해진다면
너는 사무치도록 나일 수 없을까

어떤 느낌인지 어느 촉감인지
마냥 사뭇 한 그 무엇이
내 안에서 고개 들던, 그

봄날처럼

싸락눈 사뭇 사뭇 쌓여 갯가 갯내음 따라 쌓이면
갈매기 울음
뒤따라 사무치던, 그

겨울처럼

모든 날씨는 모든 말씨와 글씨로
모든 이름씨에

사무치고

씨가 되는 내 말씨 따라
글씨는 사뭇---

당신 씨가 되고

나는 나를 감돈다

어떤 감각이 나를 감돈다

한 번도 감촉한 적 없는, 그
영혼의 몸을 감싸는 목소리 비슷한 ---
빛은 어디에도 없는데 하양에 홀린 듯 눈부신 ---
태양의 흑점 같은
검은 고양이 검으나 흰 눈빛같이

감돈
느낌만큼

지구로부터 나를 떠난

나 ---

삶보다 죽음을 더 사랑한 어떤 별자리에서

전생과 내생을
지구의인 듯
껴안고 감싸며

나를 감돌고 있다

더는 열정의 해나 감성의 달이 아닌
오직 감각의 떠돌이별로 확 - - -

실하게 돌아버린

천문의 흑점으로
눈뜬 듯
눈먼

감각으로

처럼--- 내 시간 사용법

나는
과거처럼 미래처럼
현재를 쓴다

과거는 태어나기 전의 나인 것처럼 쓰고
미래는 세상 뜬 뒤의 나일 것처럼 써

아직 태어나지 않아 없는 것처럼
아직 세상 뜨지 않아 있는 것처럼

나를 읽는다

어디로도 흘러가거나 사라지지 않고
내 안에 머물 무렵으로

있음처럼
없음처럼

절대적으로 텅 --- 빈 그리움
절대적 외로움으로 꽉 --- 채운

색즉시공 공즉시색
상태처럼

못 잊어도 잊은 것처럼
다 잊어도 다 못 잊은 것처럼

존재와 부재를

함께 쓰고
함께 읽는다

모자는 잠이 없다

모자가 쓰고 있던 낮 꿈 벗어 놓자마자
꿈을 기억으로 고쳐 쓰는

모자의 상상력---

모자 벗은 나는 기껏 잠이나 쓰자며 뒤척이는데
모자는 상상을 뒤적이고

낮의 나를 아래쪽으로 가득 담아 저물녘까지 가뿐---
들고 다녔던
모자

내 불면의 밤 따위 숫제 잠자리에 벗어 놓고

벽을 쓰고는
벽 안쪽
모자 테두리 같은 우주

한 테두리 채워
밤새

별자리 조율하고 ---

나를 벗고 우주를 쓴 모자는 이토록 잠이 없는
상상꾸러기

모자 쓰고 벗는 일은
우주를 꿈으로 썼다가 해몽으로 벗는 일이라며

밤샘

꿈꼬대 하는지

진달래만큼

꽃의 일은 사랑에 간 맞추는 일
간이 맞아 모든 사랑은 꽃으로 피어나고 ---

사랑의 간을 진달래만큼 잘 보는 꽃이 어디 있을까

심장 불꽃 뜨거운 빨강을 첫눈 맞은 영혼의 하양에 간
맞춘, 저

연분홍빛 간 맞음 ---

연분홍 치마가 봄바람에 휘날리이---도록 걸었던
그 신작로 그 산비탈

봄날의 사랑도
젊으나 늙으나
진달래 빛깔로
피고 지고--- 지고 또 피도록

봄날이 오거나 봄날은 가거나
이 땅 진달래 산천*에서는

진달래가 영영
사랑 너머 영영 이별도

제 연분홍 빛깔에 간 맞춰

꽃상여 만가 가락까지 진달래 빛깔
눈물 들이고

* 신동엽의 시 「진달래 산천」에서 빌려옴.

얼굴만 나무인 걸까

앞모습이 뒷모습과 다름없는 나무처럼
언제 어디서 바라보건 앞모습인
나무 같은 사람은

얼굴만 나무인 걸까

다가오거나 멀어지거나
앞모습도 뒷모습도
한결같은 지하철은
나무와 나를
나무와 사람 사이가 아니라
나무와 나무 사이로 보고 있지 않을까

(나무와 나는 앞모습으로만 서로 바라보고 있으니까)

뒷모습을 비춰줄 뿐 앞모습을 보여주지 않는
르네 마그리트 거울의 부조리는

앞모습으로 다가오지 않고서도 뒷모습으로 멀어지는
나무 승객을 바라보고 있는
지하철 차창의 부조리 같은데---

아무래도

그 승객은 나무의 언어 물리학을 사람의 언어 부조리학
으로 환승한

나---

같은데

귀와 혀의 버릇

귀를 볼 때마다

짐승이었던 사람의 기억

귀 혼자 듣고
귀 홀로 감당하고 있다는 생각---

사람 귀를 사람 귀로 보지 못하네

이생에 이르도록 사람으로 건너오지 못하고
전생의 짐승으로 남은

천생 예술가들---

카프카의 벌레형 변신의 귀나
고흐의 광화사형 외귀를

따라

미친 듯

짐승 혀로 핥고 있는

내 버릇 --- 따라

전염되었다던

당신 혀

이제

어떤 짐승 욕망을 핥고 있는지

운명 수평선

가운데는 사라지고
한쪽 끝과 다른 한쪽 끝으로만 남은

미치도록 --- 끝
죽도록 --- 다른 끝

미치지 않은 가운데가
아직 죽지 않은 가운데로
텅 ---
빈

어떤 삶도 어떤 죽음도
어떤 시간도 어떤 공간도

그 양쪽 끝이 서로 맞물려

한가운데를 아주 지워버린

나,라는

시공간

블랙홀 빙--- 두른 사건 지평선
운명 수평선으로 달리 운명하고 ---

그 여름 산에서의 내 죽음은
그러니까
추락사가 아니라
한가운데가 텅 --- 빈

여름 운명 깊은

익사였으라

물과 물 사이

눈과 비가 물의 다른 상태이듯
삶과 죽음도 목숨의 다른 상태

삶은 죽음의 상태로 끝나지 않듯
삶의 상태로 시작되는 죽음일 뿐

볼 수 있거나 볼 수 없거나

살아 있고 죽어 없는 --- 살아 없고 죽어 있는

목숨의 상태는

누구도 다 알 수 없는 물*의 상태

어느 곳을 살아가든 --- 어느 때를 죽어가든

운명할 수밖에 없는 목숨들

흐르는 물과 머무는 물 사이

저마다 다른 상태를

어제의 바다에서 --- 내일의 하늘에서

오늘은 땅에서

저마다 다르게

드러내거나 드러내지 않고

* 헤라클레이토스.

죽음보다 사랑이 슬프다

에어백도 안전벨트도 어떤 연고자도 없는 80대 부부의
교통사고;

조수석 할머니 --- 차 바깥으로 튕겨 --- 바로 숨지고
--- 응급실 할아버지 --- 가물거리는 사랑 돌아올 때마
다 --- 의사 선생님 제 아내는 살아 있지요 --- 아직 죽
지 않았지요 --- 묻다가 숨 --------------------
거두고

안전장치도 어떤 핏줄 끈도 다 삭아 다 사라진 삶보다
끝까지 늙지도 낡지도 않은 사랑이 슬프다

너무 슬픈 사랑*은 죽음으로도 끝나지 않아
너무 슬픈 삶은 피눈물로도 다 흘릴 수 없어

죽음보다 사랑이 피눈물겹다

마지막 사랑 넘길 연고 끈 하나 없는 삶이
끝까지 놓지 않은 사랑보다 아리다

마지막으로 내쉰 사 -------------------- 랑 ---
------------------ 이
마지막으로 들이 거둔 숨 ----------------------
------- 보다

목에

서럽다

* 김광석이 노래한 시인 류근의 시구.

밥을 기다리며

어느 저녁 식탁 ---

숟가락 젓가락 먼저 올려
9ㅣㅣ이라 써 놓고 9ㅣㅣ이라고 읽어본다
911에 가까운
부조리한 119 화재신고 숫자를 셈해본 것 같은데 ---

어찌 된 부조리인지

웬 여인네가 두 아이를 데리고 아직 나오지 않은 내 저
녁밥을 불난 듯 먹고 있다,
읽고 있다

다 읽고 나서 9ㅣㅣ을 저녁 밥값 대신 내 허기 진화 물값
으로 셈해 본 것 같은데

그 젊은 엄마와 두 아이는 소방대원이 아니라

숟가락 같았던
젓가락 한 쌍 같았던
내 아내와 아들딸의 지난 모습 --- 그
헐한 저녁 식탁 위에서 우리 가족의 911한 만남같이

밥이 나오고

911은

밥그릇과 내 허기진 목구멍 사이
불길 잡는 소방대원처럼

될수록 가난하게 ---

될수록 이름 없이 ---

살아가려 했던 가장의 911한 부조리를

소방 물인 듯

허겁지겁

푸거나 떠날랐다

2부

한없이 평행으로 나란히---둥글게

오늘도 엄마 생각---
당신이 평생 쓴 자식 사랑에 산 그림자 긴 밑줄 긋는다

내 삶의 문장에 엄마가 쳐 준
사랑의 윗줄 따라

수평선 같은 지평선 같은
밑줄 쳐

따로따로 순간의 하루를 돌아
서로 함께 하루의 영원을 돌리는

엄마 요양원 휠체어
양쪽 바퀴처럼

한없이 평행으로 나란히 --- 둥글게
운명 줄 쳐 나간다

엄마 삶과 죽음의 나이테 따라

내 몸과 영혼도

한없이 평행으로
나란히 ---
돌아가면서

한없이 평행으로
둥글게 ---

돌아올 수 있도록

새벽 두 시는 엄마 발자국 소리로 온다

꿈자리인지 잠자리인지

나를 벌떡 --- 일으켜 세우는 까치 숨죽이는 소리
그때마다
요양원 가고 없는 엄마---

아들 잠 깨울까 봐

까치발 돋워 화장실 다녀오는 소리

휠체어 바퀴로만 굴러다닐 수 있는 엄마
얼마나 아들 집으로 걸어오고 싶었으면

요양원 가기 전처럼

내 불면의 밤을 당신 발로 까치걸음하고 계실까

까치 깃털보다 가볍고 낮달보다 희미한 저
엄마 소망

까치 발걸음 소리 - - -

혹시나 다시 듣지 못할까 봐

까치 가슴 졸이는

불면의

새벽 두 시

어머니로부터 나무에게로

사람은 생김새
(어머니로부터 생겨난 사람이니까)

나무는 자람새
(어머니 없이 자라난 나무니까)

어머니가 달라 저마다 다른 사람들 생김새
(알고 보면 다 똑같을 텐데---)

없는 어머니가 저마다 다르지 않아 저마다 다르지 않은
나무들 자람새
(보면 볼수록 다 다를 텐데---)

내가 내려갈 수 없는 곳에 어머니를 내려보냈고 나도
어머니도 내려갈 수 없는 때에는 나무를 내려보냈으니

그 신의 강림 예보 따라

곳에 따라 때때로

어머니와 나무 없는 사랑은 생겨나지도 자라나지도 않
을 텐데 - - -

때에 따라 곳곳으로

그런 어머니들과 나무들 따라 신을 향한 믿음도 따라
생겨나 따라 자랄 텐데- - -

요즘 잦은 기상 오보 따라 이 강림 예보까지 믿음 잃는
다면 어머니들과 나무들은 기후 위기 앞서 신의 위기부터
걱정할 텐데- - -

별의 이름과 얼굴이 있어

너무 일찍 아이 곁을 떠난 어버이 별

서러운 자식 별 껴안을 듯 가까이 반짝이는데---

어버이보다 먼저 세상 뜬 아이들은
어느 별에서

참측의 피눈물 빛 깜박이는
어버이 별을 바라보고 있을까

어버이 별과 자식 별 사이

건널 수도 돌아올 수도 없는 황천이 가로 놓였다 해도

눈 깜빡할 새 없이 서로 품는

이름과 얼굴이 있어

삶과 죽음 사이

아무런 거리가 없다

4월 잔인한 세월의 바다에서도

핼러윈 가면 좁은 이태원 골목에서도

엄마 나무

요양원에 뿌리내린 엄마 나무

끝 모르게 자라난 나무 덩굴손
집 부근 은행 창구로 뻗쳐

아흔일곱 해 둥근 나이테 찍는다

내가
사람의 아들에서 나무의 아들로 건너왔다는

그 인증 샷---

엄마 나무는 식물인간이 아니라
요양원 휠체어 화분에 핀
이 세상 어떤 꽃보다 아름다운 단 하나의 인간식물이라
확인하는 ---

엄마 통장 기초연금 몇 자리 숫자 곁

나이테 인주

나무 입술 붉어도

아흔일곱 해 자식 사랑 나이

그대로 푸른

엄마 목도장

그

오랜 나무 목숨

푸르도록

들녘의 사랑을 드셨다

손이 가야 하는 사랑은 손이 갈 수밖에 없어

다듬고 솎아내고 썰고 깎고 씻고 불리고 말리고 안치고
뜸 들이고 삶고 무치고 비비고 찌고---

어머니 잔손질형 동사가 가고 또 가서

정성 차리면

곡괭이 삽 써레 가래 갈퀴 지게 낫 호미 탈곡기 도리깨
양수기 장화 ---

아버지 굳은살 박인 명사형 발이 나아가

아내라는 이름의 손을 받았다

어머니 손과 아버지 발이

하늘 땅 구름 바람
밥상 삼고

나비 잠자리 날갯짓 새소리 들풀 들꽃 웃음
반찬 삼아

피와 땀과 눈물
간

짭조름 - - -

들밥을 드셨다

저 궁핍한 시대

들녘의 사랑을 드셨다

저녁 냄새

하루가 다르게
까무룩 --- 요양원 서산 너머 잠기며

저물어만 가는 엄마

이 저녁 따라
머무는 구름
서산 고개 너머 머물게 두고
저무는 해를 따라 어느새

집으로 머물렀나

저녁 짓는 밥 냄새로 주방에 머물고 계시네

그 늙은 산마루 굽은 어깨 언저리
넘어지면 어쩌시려고
그토록 질기게

서산마루 등을 서성인다더니

어느 틈에 자식 먼저 집으로 내달려 오셨나

자식 끼니 걱정

저녁 냄새---

서성이듯 머물고

머무는 듯

서성이고

아미니의 이름으로

아미니는 어머니가 아니었다
히잡**이란** 헝겊 한 조각보다 가벼운 스물두 살 목숨의 이
름**이란** 아미니였다.

히잡 벗은 아미니의 길을 따라 사백아흔 어머니와 예순
여덟 어린이가 삶과 죽음의 자리 맞바꿨다는데 - - -

살아남은 목숨들, 그
어쩔 수 없는 무안함 어쩌라고
그 연명의 견딜 수 없는 비루함 어찌하라고

아미니라는 이름은 자식 낳기 전 이 땅 어머니들의 처
녀명 같을까

어디에 내려 녹든 눈은 끝내 눈물짓듯

어떤 신들의 땅이라도
어머니들은 아이들과 함께

아미니로 녹아내려
어머니의 영혼을 눈물짓고 - - -

나는 오늘도 가고 없는 아미니를
스물두 살 어머니로 찾아

엄마 요양원 가는 길 - - -

신들이 있어 신은 없는

그 아흔일곱 살**이란** 아미니의 땅을

히잡 눈물 벗은 악마의 맨얼굴로 걷는다

아미니는 어머니가 아니었다 해도

세상 모든 어머니는 아미니였으니까

3부

고구마의 8할에 대해

아무런 할 일도 어떤 기다림도 없어
낮잠 대신 낮달 대신 고구마를 들여다본다

(나는 글 쓰는 시인이 아니라 글씨 쓰는 씨인이므로)

먹는 고구마가 아니라 고구마라는 글씨를 써 놓고

연개소문 을지문덕 같은 고구려 적 이름 맛을 8할쯤 닮은
고구마 글씨 맛을 8할쯤 맛보고 있다

어느 무명씨---인의 오늘 하루는
고구마와 고구마 글씨 사이
만주벌 호령하던 고구려 사내 말발굽 북소리
문득을지 --- 로
노가리 골목
노가리 굽는 **연기소문** 속으로 8할쯤 사라지고 말았다는

소문

1000cc

목 타는 연개소문 을지문덕 고구마 때깔 말처럼

꿀꺽--- 꿀꺼득
들이켜

있는 통일신라 시대가 아니라 없는 통일고구려 시대
그
웅혼한 북방의 대망을

8할쯤

되새김질하고

쑥과 도다리의 봄날에

어느 생을 쑥으로 살았던 걸까
아니면
눈이 한쪽으로 쏠린 도다리였는데
어느 봄을
너무도 쑥스럽게 타
쑥과 도다리쑥국으로 눈이 맞은 걸까

외과 수술대 위에서 재봉틀과 우산의 쑥스러운 만남*
보다

엄마 밥상 위에서 쑥과 도다리의 만남이 보다 쑥스러워
보다 도다리스럽네

그렇게 쑥과 도다리가 눈이 맞아
엄마와 자식이 입맛 맞추는

봄날은

또 그렇게 쑥과 도다리의 눈과 입으로
엄마 철 봄 밥상 위에서
땅과 바다까지 눈 맞춰 입맞춤하는

봄날이네

초현실주의적 일상으로

일상주의적 예술로

* '외과 수술대 위에서 재봉틀과 우산의 우연한 만남'이라는 앙드레 브르통
의 초현실주의 선언을 쑥스럽게 바꿨다.

시인과 닭

닭이 먼저일까 달걀이 먼저일까
아무도 모른다, 말할 수 있다

첫 닭과 첫 달걀 어느 쪽이 먼저일까
나는 모른다, 말할 수 없다

첫 시 이전에 첫 시인이 있듯
첫 달걀 이전에 첫 닭이 있어
첫 닭의 첫사랑이 첫 달걀을 낳았다는 걸 알고 있기에

최고의 시는 아직 쓰여지지 않은 시라는 말은
살아 있는 한 마지막 시를 쓴 시인은 있을 수 없다는 말
이 되듯

첫 닭은 달걀을 깨고 나오지 않았으므로
최후의 닭은 최후의 달걀을 낳을 수 없다는

내 말---

시인과 닭
어느 쪽이 먼저 개벽의 새벽을 울까

부조리의 부조리 같은
내 질문 ---
최후의 닭과 최후의 달걀 중
어느 쪽이 최종인가 물을 것 없이

제법

조리 있는 일상의 새벽을 깨우고

악마는 코 없는 구두를 신는다

영화*는 프라다 입은 악마를 디자인한 적 있으나
신은 악마의 구두에 코를 디자인한 적 없어

악마는 코 없는 구두를 신는다

(신도 악마도 디자인으로 나오니까)

코 없는 구두 신은--- 신은 어디에도 없어
어떤 신도 길의 향기 맡는 코의 악마를 디자인할 수 없
었겠다

너무도 희미해진 길의 향기 문득
그리워

내려다본 내 구두 ---

코가 없네

코 없는 구두 신은 악마는 이미 나를 신고 있었네

--- 신은 드디어 자네를 우리 동족으로 디자인했다지

사라진 구두코가 사라지지 않은 구두 입으로 악마의 말
을 전해주네

신들이여---

이 악마 본색의 방랑 중독만큼은 끝내 디자인하소서

* 〈악마는 프라다를 입는다〉라는 제목의 영화.

숲과 꽃 그러나 숯

숲과 꽃 그러나 숯 ---

나무와 사람이 서로
주고받은
전생과 내생 그러나 현생의 모습 같아

어딘가 닮은 듯 언젠가 낯익은

글씨 꼴이네

나무 이름 부르는
사람 입 속에서

사람을 바라보는
나무 눈 속에서

숲말 꽃말 숯말이 함께 따로 울리는

사람과 나무 귓속에서

사랑과 자유 그러나 고독으로 가는
세 길동무 이름꼴 같으네

숯가마 불사름 견뎌낸 숯은
숲으로 돌아가
또 다른 사랑---

꽃으로 피워 올리고

꽃은 또다시 자유의 씨앗 영글어---

숲 그러나 숯으로 되돌아

사람과 나무의 홀씨 꼴

고독을 윤회하고

불탑의 이마

깊은 산보다 깊은 절

일주문 들어서자

대웅전보다 불탑---

열댓 걸음 앞

이마에 닿은 부처보다 내 어떤 말도 가닿지 못한 안타
까움---

불탑 이마 자리 그대로 두고

쉰댓 걸음 뒤

스님의 늘 푸른 차 한 잔보다

파르라니---

이마로부터 이마로 스며든

다정불심茶情佛心

부처 눈물

한 잔

그 적멸의 파란 떨림

한 소식

불탑은 그렇게 부처의 눈물을 견디며

떠도는 영혼에 이마 맞대었다는---

소식

한 탑

영혼말이 일곱--- 씻김굿 한 판

세상 뜬 --- 숨지는 옷 --- 둘둘 --- 말아
대자리 위
일곱 번 바로 세워 --- 일곱 번 고쳐 눕혀
북두칠성 일곱 별 돌아 --- 일곱 한 맺힌 자리

누가 전생의 업을 술이 담갔다더냐
한 맺힌 전생의 몸이 누룩이라더냐

일곱 끈 묶은 대자리 위 누룩 --- 그 누룩 위 --- 똬
리---
향 물 쑥물 맑은 물 --- 세 번 적신 솔잎 솔가지

이승
한

한 방울 한 방울

이슬지도록 ---

이슬 털기

영혼말이 일곱 ---

씻김굿

한 판

귀가 저리다

코를 스친 봄 냄새
귓가에 부서지면
귀가 저리다
(봄 타는 귓속 달팽이 간지럼 타는 걸까)

가을 하늘보다 투명한 날개 비벼
쯧쯧쯧쯧쯧쯧쯧---
가을의 전설 혀를 차는
귀뚜라미 철도 아닌데 ---

이 봄이 아니라 저 가을로 왔나

아침저녁 봄바람
저리게
애태우는, 저

봄 냄새

너무 저릿저릿 철없어

봄은

달팽이 걸음으로 내 귀를 들어서다 말고

하늘 귓속으로

철모르는 귀뚜라미

울음같이 웃음같이

꽃샘바람 혀 저리도록

스며들어

부서지고

헤어스타일을 바꿀 때

신의 스타일은 헤어스타일로 나오니까

누가 당신 자리 넘볼까

언제 어디서건 신은 헤어스타일에 주목하고

출가는 무소유의 머리카락으로 불어오는 바람이니까

모든 수행 길은 머리카락의 바람길을 따르고

휘날릴 머리카락 찾아 또다시 바람이 불어오니까

삶이라네, 그대와 함께 바람의 춤을---

사랑은 돌아서기 전에 헤어스타일부터 바꾸니까

미용실 거울 속에서 신은 또다시 바뀌는 운명의 헤어스
타일을 손봐 주고

신의 부름

　사람 귀나 짐승 귀나 어두워질수록 밝아지고---

　갈수록 사람 눈은 침침해지는데 짐승 눈은 더 또렷해지
고---

　태초에 사람과 짐승은 신의 부름을
　반은 같은 말로 듣고 반은 다른 글로 읽은 걸까

　짐승이었던 사람의 기억을 귀가 듣고,
　짐승이 아니었던 망각의 사람을 눈이 보고 있는 걸 보면

　신은
　짐승 귀를 달았으나 짐승이 아닌
　짐승과 다른 눈을 가졌으나 사람도 아닌

　다리 넷
　심장 하나, 그

탱고 추는 남녀같이

짐승 반 사람 반 --- 짐승 아닌 반 사람 아닌 반

그런 목숨을

태초의 첫 모습으로 불렀던 걸까

봄날의 방황 같아

어제는 눈과 다른 비가 내리더니
오늘은 비와 다른 눈이 내린다

내일은 어떤 물의 말로
눈과 다른 비도 아니고
비와 다르지 않은 눈이 내릴까

눈과 비가 자리 바꿔가며
따로 함께 내려

삶도 꿈도
종잡을 수 없는 요즘 날씨처럼 종잡을 수 없어

눈도 아니고 비도 아닌 진눈깨비로
도깨비를 서성이고 싶은

이 저녁

낯익은 듯 내려와 낯선 듯 흩날리는

얼굴과 기억들 ---

겨울에 버려진 듯 여름으로 버려진

봄날의 방황 같아

들어가는 비

우산 앞서 받아 본

봄비

받아 흐르게 하는 우산과는 달리

비는 어떤 봄으로도 흐르지 않고---

꽃샘바람 맞받던 봄은 내가 받아낸 빗물 속으로 스며든
걸까

그 새

잃어버린 살내음 속에 잠겼네

받은 비가 그렇게 상실의 후각부터 적셔 놓으면
그리움은

바다로 흘러가 바닥 모를 외로움으로 가라앉고 ---

봄비 내렸던 그날
달뜬 입술의 감촉으로 물기를 쓰고 있던 우산
비 내리자마자

접고 보니 ---

어머니 깊은 속 물고기 시절 촉감들도
비에 젖은 하얀 나비
흰 날개 접듯

지느러미 하얗게

봄날을

접고

4부

신과 짐승은 귀가 닮았을 것 같고

귀는 짐승 귀로만 귀의 운명을 살아가야 하는 걸까

사랑이건 증오건
짐승이라도 사람다운 관상이면
귀부터 애무하거나
귀부터 물어뜯어 놓고 싶은
야수 본능

끝내 귓속들이 핏빛이고

(귀를 가려 부끄럼 가리던 그녀도 내 귀를 제 짐승 귀로
듣고 있었던 걸까)

보면 볼수록 사람을 짐승 같게 보여주고
말하면 말할수록 짐승답게 듣는

귀

신의 말씀
짐승 귀로 듣던 울림 아직도 귓속에서
야성의 사랑을 울부짖고

기도 듣는 신처럼 반려동물들이 사람까지 그토록 잘 듣
는 걸 보면

신과 짐승은 귀가 닮았을 것 같고

어떤 날들

20년 전쯤 --- 미국 어느 야구장 --- 투수 공 맞아 비
둘기가 즉사했네
70년 전쯤 --- 경북 어느 숲 --- 꼬마 새총 콩알에 참
새가 즉사했네

그 야구선수도
그 새총잡이도
아직 살아 있지만

그 미국 야구장 비둘기처럼
그 한국 숲속 참새처럼
느닷없이 난데없이 날아온 부고 한 장으로
어떤 어느 날
문득
세상 뜨겠네

우연한 삶은 우연만도 아니고 죽음의 필연은 필연만도

아니고
　다만

난데없고 느닷없을 뿐

오직 부조리만이

비둘기와 참새에게 그랬듯
살아 침묵했으니 죽어 입을 열겠네

　--- 그 어떤 삶과 죽음에도 신의 뜻은 없다 --- 고로
천당과 지옥은 없다 --- 고로 안심하라 안심하지 말라

어쩌면 그토록 미니멀하게

미니멀한 건축미로 이름난 어느 갤러리---

미니멀리즘 전시 작품은 어디에서도 찾아볼 수 없고

아무런 조형도 없는 캔버스 비슷 커다란 사각 틀 위 전시 해설 비슷한 것을 읽었다

--- 당신은 지금 갤러리 바깥에 있음. 밀고 나온 문을 도로 연다 해도 전시장 안으로 들어오게 된다고 보장할 수는 없겠음.

입장권 끊어 갤러리로 들어온 내가 지금? 갤러리 안이 아니라 바깥에 있다?? 그럼??? 나는 여태 이 갤러리 전시장 안에서(있으나 없는) 극 미니멀리즘 설치미술 해왔다???? 그러나 지금은 갤러리 바깥으로 갇힌 부조리 중?????

그럼에도!!!!!!!!!

갤러리 바깥을 갤러리 안쪽으로 뒤집어 이 세상으로 탈
출한

내 --- 굳센

부조리 의지

안으로 자신을 더 작게 품은 만큼 바깥으로 온 우주를
통째 품고 있는

한 알의 모래--- 한 점 먼지 같이

어쩌면 그토록

범우주적으로 미니멀했을까

개미들

내 텅---빈 일상의 틈새 --- 너무도 확신에 찬---개미들의 행렬---행보---행진

아무리 산목숨의 먹고사는 일이라 해도 --- 가는 개미도--- 오는 개미도 --- 빈입으로 오가는 걸 보면 --- 오는 개미들 --- 반쯤 삶에서 오고 --- 가는 개미들 ---반쯤 죽음으로 가는지

최후의 인간 주검--- 개미장으로 수습할 거라는 -- 신과의 약속 같은 --- 계시 같고

모든 목숨의 운명 지평선 --- 떠받치는 --- 새카만 밑줄같이 --- 점점이 혼자 --- ∞로 와 --- 줄줄이 함께--- ∞로 가

부조리의 세상 --- 부조리한 그대로 두고

그냥 --- 무작정 --- 두리번두리번 --- 그러나 맹렬
하게 --- 기어감 --- 또는 기어--- 옴마니반메 --- 훔

그 여름 추락사한 큰 바위 얼굴로도 나타나지 않았던
신들은
정말 개미에게로 가셨나이까 --- 나는 묻고

내 추락 홀로 지켜보던 까마귀의 까망은 까마귀 살점
맛본 개미들의 새카만 망각이었다 옴-마니반메 훔---

개미들은 답하고

부조리의 절망

등을 맞대면서 뒷모습으로 껴안았던

얼굴 맞대며 앞모습으로 뒤돌아섰던

당신과 나 사이

나는 늘 뒷것 --- 당신의 앞모습

당신은 언제나 앞것 --- 내 뒷모습

있음으로 없는 --- 순간에서 날아와

없음으로 있는 --- 영원으로 사라지는

구름과 바람 사이

부조리는 정말 우리를

껴안은 걸까 뒤척인 걸까
사랑한 걸까 외로워한 걸까

정말 없는 부조리의 안팎이었을까
정말 있는 부조리의 절망이었을까

누가 생전의 모습을 보았다는 걸까

왜 추모사들은 고인의 사전死前 모습을 언제나 생전生前
모습으로 소환하는가

그 모습이 생겨나기 전의 모습이라면 고인은 그 얼굴로
전생을 살아왔겠네

이 세상 사람 모두 현생이 아니라 전생을 살아가고 있
다는 말이겠네

누가 생전의 모습을 보았다는 걸까

현생을 전생으로 살아가는 부조리의 목숨이 아니고서는

생전의 내 기억이 여기까지 닿고 보니

오늘 온다 하고서는 오늘도 오지 않는 사무엘 베케트의

고도가 부조리하지 않게도 오늘 오고 마네

오늘 온---고도는

모든 목숨이 생전 모습으로 오늘 되돌아온

전생의 오늘이었네

부조리의 시제

부조리의 시제는 지하철처럼
어떤 시제의 역이든 현재 역으로 정차할 뿐

앞뒤 없이

과거형과 미래형을 현재형으로 운행하는 부조리 진행형

현재형으로 살아가다 현재형으로 사라지는 모든 목숨의
시제

순간과 영원이 현재 진행형으로 함께 오고
삶과 죽음도 현재 진행형으로 함께 가

어제도 내일도
부조리한 오늘로

행진 --- 행진 --- 행진할 뿐

읽다의 과거형을 읽었다, 가 아닌 쓰다
쓰다의 미래형은 쓸 것이다, 가 아니라 읽다

--- 책 읽기보다 훨씬 좋은 건 읽은 책을 다시 읽는 것
이다.

보르헤스의 이 부조리한 말 따라

책 읽기보다 훨씬 좋은 것은

읽은 책을 부조리의 시제로

다시 쓰는 것이다

파스칼은 이렇게 말했다

파스칼은 『팡세』에서 이렇게 말했다
--- 나는 0에서 4를 빼면 0이 된다는 것을 이해하지 못
하는 사람을 알고 있다

그가 알고 있다는 사람은 누구보다 자신을 잘 알고 있
었던 파스칼 자신이라는 것을 나는 잘 알고 있다

0이라는 숫자 아닌 숫자는 알 수 없는 부조리 같아
파스칼처럼 자신을 잘 알고 있든
나처럼 자신을 잘 모르고 있든

채우기보다 비우기가 더 어려운
마음 아닌 마음 같은 것

알기보다 모르기가 더 쉬운
부조리 아닌 부조리 같은 것

파스칼은 이해하지 못함으로 0을 이해할 수 있는 마음
의 갈대였고

나는 이해할 수 있으므로 0을 이해하지 못한 부조리의
돌멩이였다

0에서 4를 빼내도 0은 0으로 남는
부조리를 이해하지 못한 어떤 돌멩이를 알고 있으니까

부드러운 밤의 '또 꼭'

부암동 북악산 골짜기
한낮에도 한밤처럼 꼭꼭 숨어 있는
어느 이름 없는 CAFE

꼭꼭 --- 숨어 사는 삶 속에 꼭꼭 --- 숨겨진 부조리
의 살 맛 꼭꼭 --- 집어내던 --- 장 꼭또가 알았다면
--- 단골 삼았을 것 같아
꼭또를 르네 마그리트의 거울 앞에 세워 읽은 --- 내
나름 CAFE 이름

또 꼭 ---

으로 와인 한잔하러 또 꼭 --- 찾아올 꼭또를
나 홀로
연출/출연/제작한 외로운 섬---고도를 기다리듯 기다
리며

와인 한잔하고 싶은

언젠가 밤의 살 몸살하도록 애무하던

와인 향 같이

부조리하게 부드러운---

밤이다

정삼각원형

세상에서 가장 위대한 부조리형---

완벽한 정삼각형이면서 절대적으로 둥근

정삼각원형

시곗바늘 삼각 촉이 시간을 동그랗게 돌아
날마다 우주 공간을 둥근 하루로 그려내듯

시간이면서 공간인
공간이 아니면서 시간도 아닌

부조리의 기하학 --- 우주는

정삼각형이 무한대로 확장되거나 무한소로 축소되어
삼각을 버리거나 벗어나
절대 원형으로

끊임없이 끝없이
진화하거나 퇴화하는

있으면서 없고
없음으로 있는

궁극의 부조리형---

만다라

신의 무관심으로부터 악마 본색으로

할 수 있는 말이 할 수 없는 말보다
언제나 더 많은 사람

알기 어렵다

(신의 비밀이 사람이니까)

태초의 말씀이 할 수 없는 말의
전부인 신

믿기 힘겹다

(알 수 없는 사람의 믿음이 신이니까)

사람과 신 사이

말할 수 없어 믿을 수 있는 --- 말할 수 있어 믿을 수

없는

부조리 사이

신의 무관심으로부터 악마 본색으로

함부로 부조리를 쓰는 내 천기누설 충동 ---

신은 있다고 믿으면서 신을 믿지 않고서

온갖 신화의 나라---그리스 사람
조르바의 자유와 사랑

그러나 고독을 믿으려는

내

죄와 벌

한없이 투명*하게 가볍도록

생의 환절기

한 움큼씩 떨어지는
흰 머리카락
빈 입에 염줄 치는 걸까

산 입에 거미줄 친다 해도
넘어갈 밥이 문제지
숨이 넘어가지 않을까

팔자소관 운명 철 바꾸려다
청명한 가을 하늘 빈 입
거미줄에 걸린 내

절망의 가벼움---

운명을 무거워하랴

팔자를 짐스러워하랴

미국 성인 15%가
지구가 평평하다고 믿는
지구 평평론자라는데---

진실이 어디 있으며
진리는 무슨 부력으로 우리를 가볍게 하랴

개 팔자가 상팔자라는 옛말의 힘!

반려동물 시대에 더욱 가뿐해졌는데---

개 팔자보다 투명한 하늘 집 짓는 거미 팔자이고 싶어

그것도,
도둑 거미 팔자였으면!

밤 투명한 하늘 집까지 한없이 투명하게 가볍도록

털어보게

5부

우주인 당신에게

그 많던 신들은 어디로 갔을까

인도에 남아 있는 신들은 어떻게 소를 앞세운 짐승들로
오는 걸까

왜 사람들은 신들이 지구를 떠났건 떠나지 않았건 우주
여행 중인 자신들을 몰라볼까

지구별을 타고서 하루 한차례 온 우주를 둘러보면서
- - -

해마다 태양을 한 바퀴 도는 우주인이면서- - -

동승한 나무 승객들이 나뭇잎 우주복을 철 따라 철 맞
춰 갈아입고 갈아 벗는 걸 지켜보면서도

왜 - - -

외계인이나 비행접시 따위를 궁금해할까

지구인 모두
어머니들이 저마다의 생일에
우주의 끝을 우주의 첫으로 돌아온 우주 여행자로 받아
낸 외계인인데 ---

아무런 현기증도 멀미도 경비도 없이 오직 삶만이
단 하나의 탑승 조건일 뿐

이 평생 우주여행을 감각하고 즐기는 이상의 어떤 보람
도 어떤 깨달음도 없을 텐데---

그 많던 신들의 태초 기획이 우주 만물의 우주여행인
데---

오늘도

지구는 스스로 한 바퀴 돌아 또 다른 우주여행의 하루를

내일의 태양으로 떠올려 주고 있는데---

어떤 바다의 화양연화

아프리카 서해안의 어떤 바다거북

짝짓기한 뒤 대서양 건너 남미 동해안에다 알을 낳는
다네
(이 이야기는 신화가 아니라 실화라네)

남미 환상적 사실주의 문학의 부름을 받지 않고서야 거
북이 이토록 불가사의한 대장정에 나설 리가 ---

(거북에 가닿으면 어떤 이야기든 실화라도 신화 문학으
로 건너가네)

바다거북의 이 난생 신화를 읽으면

해와 별과 달의 뒤쪽에서 짝짓기한 신들이
해와 별과 달의 앞쪽에

거북 알같이 갸르스름 둥근 얼굴의

또 다른 사랑을 낳는다는
화양연화를 쓰게 된다네

(이 몽유 연화는 거북에게도 신들에게도 들려주지 않았
다네)

오직 한 알의 사랑을 낳기 위해 또 다른 바다를 건너는
거북들

또 다른 별에서 또 다른 이름의 신을 낳고

세로는 유쾌하게 탈출 중

얼룩말 --- 세로
늦봄 가로지르고 겨울 끝물 세로 넘어

어린이대공원 철책 무늬
가로 번쩍 --- 세로 바짝 --- 탈출 중

누가 계절의 지축을 이따위로 틀어놓았나 ---

세로는 열불 난 걸까

4월 하순 봄 날씨
폭염주의보 내린 7월 한여름 날씨로 틀어놓은

기상도까지

가로 차가우나 세로 뜨거운
얼룩말 세로무늬 추상화로 틀어놓고 ---

세로 껑충 가로 훌쩍
종횡무진 합종연횡

기후 회복 퍼포먼스 중

그
세로의 열불을 이해함으로
아무래도 이해할 수 없었던 몬드리안의 기하학적 차가
운 추상 예술을
가로보다
세로로
뜨겁게 이해하고 있는

4월 중

갈라파고스 거북의 느긋함으로

갈라파고스에 가면
세상에서 가장 느긋한 거북이걸음으로
거북이었을 것만 같은 어느 전생을 걸어보고 싶다

로맹 가리의 새들은 페루로 가서 죽는데 ---

신은 무슨 까닭으로
페루 서해안 바다거북을 해류 등에 태워
대서양 속 갈라파고스섬을 살아가는
땅거북으로 바꿔 놓았을까

그 신의 뜻을

갈라파고스 땅거북들은 제 거북 등껍질에
태초의 갑골 문자로 새겨 놓았을 것만 같아

갈라파고스에 가면

거북 등 갑골문을 해독해
태초의 말씀으로도 읽지 못한

신을 읽고 싶다

해류 등을 타고 가는 갈라파고스 땅거북의 느긋함으로

여자 또는 남자 그리고 책

책 읽는 여자는 위험하다

그런 제목의 책이 있다

(책 읽는 여자는 책 읽지 않는 남자보다 확실하게 위험할 테니 --- 남자인 나는 여자들이 남자들보다 확실히 더 위험해지도록 그 책을 읽지 않았다)

책 읽는 남자는 위험하다

그런 제목의 책은 없다

(책 읽지 않는 여자보다 위험한 책 읽는 남자는 확실하게 없을 테니 --- 남자로서 나는 없는 그 책을 읽을 도리가 없는 만큼 위험하지 않은 남자 그대로 남게 되었다)

그런 여자와 남자를 위해 위험하거나 위험하지 않은 여자 또는 남자가 책을 쓰면 --- 안전하거나 안전하지 않은 남자 또는 여자가 그 책을 읽거나 읽지 않을 것이니까

여자 또는 남자는 아무런 변함없이

위험하거나 위험하지 않게 --- 안전하거나 안전하지
않게

남자 또는 여자를

살아가면서

읽거나 읽지 않은 책을

잠들거나 깨어날 것이다

춘분의 숲에서

내리던 비의 반은 봄비로 남고

남은 반은 봄눈으로 내려

반은 여름에 속하고 반은 겨울에 속한

여름 반 겨울 반
두 계절의 세상이 왔다

춘분은 말하는데 - - -

(봄과 가을은 어느 계절로 가라는 말일까)

춘분에 이르도록 새싹 눈 한 잎 틔우지 못한
아카시아
너무도 철없는 요즘 철에 첫돌 나이테까지 타버렸을까

반은 내린 눈으로 하얗게 ---
반은 비가 씻어 시커멓게 ---

숲의 철
여름 반쪽 겨울 반쪽으로 쪼개 놓았을 때

비와 눈은

여름 반 겨울 반으로 숲의 철을 내려앉았던가

삶 반 죽음 반으로 물의 운명을 달리했던가

아무튼 우주

이렇게 ∞ 꽈배기 사촌 모양 스낵 안주 삼은
낮술
낮 꿈속

우주---

∞ 이렇게 생겨 먹어
이렇게 ∞ 가부좌 튼 선승 주전부리 같더군

공간과 시간

그 궁극의 첫과 끝을

존재와 영혼이

∞ 큰 것은 ∞ 작은 것으로 꼬고
∞ 작은 것은 ∞ 큰 것으로 도로 꽈 ---

한 알의 먼지가 한 알의 별을 꼬면
한 알의 별은 한 알의 모래를 꼬듯

∞ 이렇게 생겨나
그렇게 ∞ 가부좌 틀고 있는

꽈배기 같더군

아무튼

이렇게 ∞ 꿈보다 해몽이 더 ∞ 꽈배기 같은

우주더군

동어 반복

살다 보면 죽어지고
죽다 보면 살아진다는
삶과 죽음의 기시감

어제와 내일의 일들이 오늘로 되풀어져

내가 죽음을 기억하더라도
죽음은 나를 기억하지 않을 거라는
삶의 동어 반복---

죽음을 기억하라

그럼에도 신은 기시감의 말씀을 거듭거듭 전해
내가 신을 운명하더라도
신은 나를 운명하지 않을 것이라는
죽음의 동어 반복---

운명을 사랑하라

어쩌다
전생과 내생의 죽음을 기억한다 해도
동어 반복의 현생은

거듭거듭

운명을 사랑하지 못할 것이다

생일과 기일 사이

되돌아가는 길이 세상 뜨는 길이라면

모든 죽음의 기억에는 이 세상으로 건너온 날의 울음이 있다

(누구든 생일 하나는 쥐고 이 세상으로 나왔으니까)

그곳으로 되돌아가는 감회에는 세상 뜨는 날의 울음은 없다

(누구나 기일은 살아남은 자의 기억으로 넘겨줄 수밖에 없으니까)

어버이 사랑으로 깨친 이 세상의 첫 말

엄마 아빠 사랑해 ---

그 말을 저세상의 첫 말로 기억하고자
이 세상에서 다시 듣는 아들딸의 마지막 비나리

엄마 아빠 사랑해 ---

삶도 죽음도
이 세상의 첫 말이었던 그 한마디를
저세상의 첫 말로 듣고 말하고 기억하는 일 너머

그 어떤 신의 뜻도

아니다

타인의 거울 속에서

언제부터인가 거울은 아직 가닿지 않은 내일의 나를 비춰주고
갈수록 사진은 기억에도 없는 어제 속으로 나를 감추고

(늙음으로 진화하는 거울의 본심 --- 젊음으로 퇴화하는 사진의 변심)

이제
거울 앞에서도 사진 속에도
내가 아는 나는 없어

나라고 말할 수 있는 나는 아주 사라지고 말았네

내가 알아보지 못하는 내 얼굴들은 어떤 타인의 그림자일까
아직 내게 오지 않은 어떤 운명의 표정일까

알 수 없어---

아침저녁 거울 앞에 설 때마다

어제 찍은 사진 한 장
내일 찍을 사진 한 장

그나마 연민의 얼굴로 씻어

망각 깊숙이

쏟아 버린다

타인의 거울 속에서 훗날의 어떤 낯섦에 잠기다 말고

환상방황이었더라

방랑길 끝 ---
닿고 보니 떠난 자리

맴돌았더라

길 위의 인생
방랑이 아니라 동그랗게 되돌아온 환상방황이었더라

방랑보다 황홀한 인생은 없다,는 내 좌우명
방황보다 황당한 인생은 없다,의 오역

걸음은 끝나도 길은 끝나지 않는다,는 내 묘비명
길은 끝나도 걸음은 끝나지 않는다,의 오독

이었더라

방황하거나 방랑하거나

황홀하거나 황당하거나

역마살의 사주

여름을 거듭 여름으로 맴돌아 가느라
맴맴맴맴맴---맴맴
제 허물 텅 --- 비우는 매미 울음
이었더라

여기서도 거기서도

지금도 그때도

방랑은

여름 뜨거운 땀과 눈물의

피

였더라

단 하나뿐인 숫자

단 하나의 사랑이 모든 사랑이 되듯

무한대로 다 쓸 수 없는 숫자
무한소로 다 읽을 수 없어

어떤 숫자든 단 하나뿐 ---

모든 숫자는 단 하나의 첫이면서 단 하나의 끝이니까

첫 앞에 첫보다 앞선

끝 뒤에 끝보다 늦은

숫자의 이름이 있어

--- 어제의 내가 오늘 있고 오늘의 내가 내일 있겠다

모든 이름은 그런 창세기 말씀처럼 있었고 있으며 있을
것이니까

하나만으로 궁극의 이름까지 품는 숫자를 모르면
첫과 끝으로
셀 수 있는 --- 셀 수 없는

실존도 의미도

이름 불러 줄 수 없다

나이는 숫자에 불과하다?

누가 신이 두른 영혼과 육신의 나이테를 모독하는가

나이만 한 신성의 숫자가 어디 있다고---

돌아가셨습니다

그분이 돌아가셨습니다

저세상에서 이 세상으로 오셨던 분이기에 그냥 가신 게
아니라 돌아가셨다---

말씀 올리는 겁니다

돌아오신다는 말씀은 없었습니다

이미 어떤 타향으로 돌아와 보셨기에 다시 돌아올 고향
은 없어졌답니다

그분의 불귀거래사는 한 번 떠난 고향은 두 번 다시 떠
날 수 없다는 맹세였습니다

그 다짐이 헛되지 않게 그분을 부디 잘 --- 아주 잘
--- 잊어주실 줄 알고 이만 --- 잊도록 하겠습니다

덧붙이는 말씀으로 그분은 이 부음 전하고 있는 이분입
니다만------------

6부

차마 볼 수 없었던 걸까

태풍이 사라졌다

(남태평양에서 5월이면 올라오던 태풍 ---8월이 다 가
도록 소식 없고)

--- 이런 해에 큰 물난리가 나지

기상청 해 걱정이 대하드라마 같은데

태풍은 오지 않고 원숭이도 나무에서 떨어지는 달이 왔
다

(멕시코 푸에블라 원숭이들이 화염 같은 폭염으로 나무
에서 떨어져 집단 폐사하고)

--- 이런 달에 큰 사람 난리가 유행하지

멕시코 작가 협회의 달 걱정이 중남미 환상적 사실주의
문학답고

그 바람에 바다와 하늘은 물과 바람의 이마 맞대

--- 이런 별에 큰 기후 난리가 나지

어느 별걱정하고 있다는데

태풍의 눈은 나무에서 떨어지는 원숭이들을 사람 난리
통의 별걱정으로는 차마 볼 수 없었던 걸까

기후 난리의 별은 차마 뜨지 못한 태풍의 눈 속으로 별
볼 일 없도록 사라지고 만 걸까

그날,

지구라는 별을 떠난 나는

어느 별에서

이 우주 방랑일지를 걱정하고 있는 걸까

산을 방목시킬 무렵

날 저물어 산은 거기 있거나 여기서 사라져

보이지 않고 들리지 않으면

산의 그때로 돌아가거나 지금의 나로 되돌아온다

낮의 나를 단단하게 살아왔던 산

부드럽게 죽어갈 수 있도록 밤으로 방목시킬 무렵

비로소 알아듣는 말

산을 죽는다는 말 - - -

그래도 알 수 없는 말

사람을 산다는 말 - - -

그러다 문득

한 소식하는

산이기에는 너무 이른 사람이라는

사람이기에는 너무 늦은 산이라는

밤하늘과 바람이 다 비운

말 ---

내 눈 속에 누군가 있어

눈 뜬 아침
내 눈 속으로 어떤 눈이 들었네
어젯밤 마지막으로 감았던 눈이 아닌

그 눈

이 세상이 처음 열렸던 그날의 아침을 열고 있는 듯
기억에도 꿈에도 없는 - - -

전생과 내생을 한 번도 잊은 적 없다는 듯

하늘 아래
첫 아침으로

나를 열고 - - -

첫눈 올 리도 없는 9월 중순의 열대야 아침 속으로 겨울

밤 첫눈처럼 내려앉은

그 눈의 첫눈다운 눈치

--- 첫눈은 하늘 아래 첫 겨울 아침을 바라보는 하늘의
첫 눈짓들이지

백두대간 골 깊은 어느 화전민 마을에 가면 하늘 아래
첫 아침을 아침마다 갈고 있는

아침가리* 눈을

아침마다 뜰 수 있다는데 ---

* 강원도 인제군 기린면 방동리 조경동의 본래 이름.

산 같았던 그 사내

산 같았던 그 사내
이제 바다로 흘러갔네

산바람 타고 불어오더니

한 생애 해류에 싣고 건너
바다 깊이 고독 자리 틀었다 하네

산과 바다가 뒤집힌 해일의 그날
아가미 맺힌 산 그리운 숨비 내쉬며
산으로 되돌아갈 결심 세웠다더니

돌아가야 할 산은 떠나온 산이 아니라
심해 거꾸로 박혀 있는 바다의 드깊은 꼭대기라더니

그 깊으면서 높은 고독이 영원 회귀*라더니

산 같았던 그 사내 끝내

고독 바닥 모를 해구 속
물구나무선
산으로

잠겼네

* 니체.

나무처럼 풀처럼

늙은 흙이라도 아침의 흙을
비탈진 흙이라도 견디는 흙을
잊힌 흙이라도 기다림의 흙을
낮은 흙이라도 감각하는 흙을
젖은 흙이라도 침묵의 흙을

나무처럼 풀처럼 새겨

그 모든 손발을
그 모든 포옹을
그 모든 애씀을

흙으로부터 푸르름에 넘겨

그 모든 땀을
그 모든 눈물을
그 모든 피를

푸른 목숨의 이름으로 부를 수 있다면

뜨겁게 빛나는 여름 햇살 상상력

그 모든 사랑을
그 모든 자유를
그 모든 고독을

광합성해

나무처럼 풀처럼

땅의 몸 ---

흙의 영혼으로

되짚을 수 있다면

오늘도 입산 그러나 출산

오늘도 입산---

내 산행은 높이가 아닌 깊이에 대한 질문이니까

오늘도 출산---

깊이의 내 질문에 산은 언제나 세상 깊은 침묵이었으
니까

그렇게 내 산행의 하루하루는

입산 그리고 출산의 문답

또 그렇게

입산 그러나 출산은

산에 든 사람들 --- 이 세상에 도로 내놓는

세상 모든 어머니의 출산이 되고

산은

산을 살고 죽는 산사람 모두

죽어서까지 산 ---

사람으로

운명을 달리 꾸며 주고

나그네는 길에서도 쉬지 않는* 질문

방랑길에서 나는 내게 묻는다

여기 잠시 쉬었다 갈까

걸음은 나 홀로 방랑하는 질문이니까

돌아온 집 현관문에게 묻는다

여기 잠시 쉬었다 갈까

집은 나 홀로 쓰고 읽는 질문이니까

인왕산 숲속 쉼터에 들어서면서 묻는다

여기 잠시 쉬었다 갈까

다른 사람들이 쉬고 있다 해도 나는 혼자 쉴 수 있는 질
문이니까

그날 죽음의 집으로 들어설 때도 물었었지

여기 잠시 쉬었다 갈까

나그네의 나는 마지막 질문으로도 쉬지 않았던 영혼이
니까

* 이제하의 소설 『나그네는 길에서도 쉬지 않는다』에서 빌렸다.

모래 아니면 개미

세상 끝까지 홀로 걸어온 나머지 다들 떠나고

모래 아니면 개미로 남은 걸까

산에 올라도 나무보다 바위보다 개미

해변을 찾아도 파도 날개보다 수평선보다 모래 무덤선

어떤 바람의 일로 오랜 이별 끝에 모래가 되어 여기까지 밀리고 쓸려 온 걸까

비의 어떤 감각으로 허리띠 졸라맨 허기를 오늘날까지 기어온 끝에 개미로 변신한 걸까

다 늙은 산기슭

비스듬 --- 몸져

골다공증 발목 모래찜질하고 있는

어느 바닷가

한 알의 모래를 물고 가는 한 마리 개미처럼

모래시계 속 한 알의 시간으로 남은 모래처럼

나는

개미의 운명으로도

모래의 운명으로도

고독만큼은 달리 운명할 수 없는 영혼이었으니 ---

부조리의 처음과 마지막 사이

박주하 시인

1. 홀로 답이 되는 시간들

언어가 건너지 못하는 세계가 있다. 그것은 대체로 사유 '너머'에서 벌어진다. 그 너머에서 일어나는 일렁임은 언어보다 먼저 오는 감각으로서 시의 모태가 되곤 한다. 그 사이를 극복하지 못한 대부분의 사유는 침묵 속에 보류된다. 무수한 질문과 대답은 말할 수 있는 것과 말할 수 없는 것이 되고 신념과 회의는 치열한 싸움을 거듭한다. 이 반복과 변주는 삶을 고통과 절망으로 가득 채운다. 누가 그 난투 속에서 명쾌한 희망을 찾아낼 수 있겠는가. 그것은 불가능하다. 닭과 달걀만큼이나 성립될 수 없는 부조리 속에서, 앞과 뒤를 논할 수 없는 질문과 대답들은 끊임없이 반복되고 순환한다. 정답을 찾더라도 외면할 수 있는 진정성이 아니라면 차라리 침묵의 영역에서 숨을 고르는 것이 더 낫다. 침묵은 파손되지 않은 무한한 진실을 품고 있고 그 어떤 부정도 긍정도 하지 않으며 숙성의 미덕도 있기 때문이다. 변함없이 살아있는 높은 산과 깊은 바다 사이에서 모순과 부조리의 가녀린 밧줄을 움켜쥐고 질문을 달구어 가는 자, 답을 얻기 전까지는 희망에 거하리라.

박인식 시인은 자신이 발견한 부조리의 산맥을 굴착기로 밀고 들어가는 사람이다. 그가 파고든 시가 동굴이 될지 신전이 될지는 아무도 모른다. 화자가 동어반복을 선호하는 것은 의도적인 계산으로 여겨지는데 그것은 앞서 펴낸 시집들의 서사가 매우 자연스럽게 상호소통하기 때문이다. 어쩌면 첫 번째 시집의 질문을 다섯 번째 시집이 대답했을 수도 있고, 세 번째 시집 속의 답변은 두 번째 시집의 행간 어딘가에 이미 숨겨 놓았을 수도 있다. 중요한 것은 일곱 권의 시집을 내놓으면서 질문과 해답에 대한 궁리를 멈추지 않고 끊임없이 의심하며 자신에게 내재화된 부조리를 반복해서 점검한다는 점일 것이다. 이미 해답이 없다는 것을 삶의 단서로 쥐고 과거와 현재, 미래라는 울타리를 지워버린 박인식 시인 자체가 시의 전모라고 봐도 무방해 보인다. 그 행보는 거침이 없고 어떤 질문들은 미학적이며 슬프다.

방랑길에서 나는 내게 묻는다

여기 잠시 쉬었다 갈까

걸음은 나 홀로 방랑하는 질문이니까

돌아온 집 현관문에게 묻는다

여기 잠시 쉬었다 갈까

집은 나 홀로 쓰고 읽는 질문이니까

인왕산 숲속 쉼터에 들어서면서 묻는다

여기 잠시 쉬었다 갈까

다른 사람들이 쉬고 있다 해도 나는 혼자 쉴 수 있는 질문이
니까

그날 죽음의 집으로 들어설 때도 물었었지

여기 잠시 쉬었다 갈까

나그네의 나는 마지막 질문으로도 쉬지 않았던 영혼이니까
－「나그네는 길에서도 쉬지 않는 질문」 전문

　나그네는 길에서 쉬지 않을 수도 있다. 그러나 그는 죽음의
문 앞에서도 쉬지 못한 나그네이다. 그것이 곧 생명성을 증명
하는 의미이긴 하지만 화자가 홀로 나누는 질문과 대답은 놀랍
도록 쓸쓸하다. 놀라운 쓸쓸함이라니, 이는 모순적이고 적절하
지 못한 해석이 될 수도 있다. 화자가 설계한 부조리의 세계로
나도 모르게 빨려 들어간 것일까. 그는 "내 질문에 산은 언제나
세상 깊은 침묵"(「오늘도 입산 그러나 출산」)뿐이고 "밤하늘과 바
람이 다 비운// 말"(「산을 방목시킬 무렵」)들에 귀를 기울이더니
내려와서는 "방랑길 끝 ---/ 닿고 보니 떠난 자리"(「환상방황이
었더라」)였다고 토로한다. 길 위를 서성거리면서 그는 "걸음은
끝나도 길은 끝나지 않는다"는 묘비명을 가슴에 먼저 새겨둔
방랑자였다. 그는 어쩌면 다리가 있던 자리에 다리가 없어져도
걸음을 멈추지 않는 환상방황을 거듭할지도 모른다. 화자는 어
쩌면 나그네였던 자신을 배신하지 못하여, 뜨거운 여름철에 흘
린 땀과 피눈물의 기억을 잊지 못하여, 내생에도 고스란히 그
운명을 반복할 수도 있는 사람이다. 흐르는 바람과 머무는 바
람 사이에서 읽거나 읽지 않는 페이지처럼 너무나 자연스럽게.
　고독이라는 기둥을 짊어지고 올랐던 숱한 산행들이 모든 사
람에게 흥미로운 삶의 가치를 부여하진 않았을 것이다. 하지만

모든 존재의 갈등은 필연적인 불가피성 앞에 서기 마련이다. 그런 지난한 과정들은 어쩌면 절박한 운명을 해갈하는 처절한 씻김굿이 되었을지도 모르는 일이다. 아무튼 그는 산을 자신의 모태로 여긴 연유로 입산을 '깊은 곳에 드는 일'이라고 말한다. 평생 산을 오른 산사내가 품어 온 것이 궁극에는 '높이'가 아니라 '깊이'라고 한 소식 전하니 그의 깊은 내해內海가 어떻게 형성되었는지 들어가 보자.

2. 목숨의 질량

어떤 삶도 어떤 죽음도
어떤 시간도 어떤 공간도

그 양쪽 끝이 서로 맞물려

한가운데를 아주 지워버린
나,라는

시공간

블랙홀 빙--- 두른 사건 지평선
운명 수평선으로 달리 운명하고 ---

그 여름 산에서의 내 죽음은

그러니까

추락사가 아니라

한가운데가 텅 --- 빈

여름 운명 깊은

익사였으라
  -「운명 수평선」부분

　"한가운데를 아주 지워버린/ 나"는 어떤 사정으로 물과 하늘
이 만나는 수평선 사이에서 형체를 추스르기 어려울 만큼 압도
되거나 지극함을 상실한 상태이다. 시공간을 지워버렸다는 그
사건을 가리켜 죽음이라 명명하고 "추락사"가 아닌 "익사"였다
는 진술로 보아 그가 큰 사고로 인해 심신의 훼손이 깊었던 것
으로 추정된다. 삶과 죽음 사이에서 깊이 매몰되었던 화자의
자의식은 어떤 시공간에 포박된 채 블랙홀 속으로 빠져드는 의
식 상태를 경험한다. 절대 고독에 사로잡힌 것이다. 하지만 그
순간의 그가 주목한 것은 존재와 비존재의 설정이 아니다. 화
자는 삶과 죽음 사이에서 형성된 존재와 존재 사이의 감각 상
태를 말하고 있다. 그곳은 삶도 죽음도 아닌 무정형의 틈, 흐르

는 것도 흐르지 않는 곳도 아닌 그야말로 '너머'의 세계다. 화자
는 그 물과 물 사이에서 필연적으로 '운명 지평선'을 만나게 된
것이다.

눈과 비가 물의 다른 상태이듯
삶과 죽음도 목숨의 다른 상태

삶은 죽음의 상태로 끝나지 않듯
삶의 상태로 시작되는 죽음일 뿐

볼 수 있거나 볼 수 없거나

살아 있고 죽어 없는 --- 살아 없고 죽어 있는

목숨의 상태는

누구도 다 알 수 없는 물의 상태

어느 곳을 살아가든 --- 어느 때를 죽어가든

운명할 수밖에 없는 목숨들

흐르는 물과 머무는 물 사이
 -「물과 물 사이」부분

"흐르는 물과 머무는 물 사이"에서 그는 목숨을 감별한다. 죽음과 삶 사이를 통과하는 유속, 그것은 흐르기도 하고 머물기도 하는 상태다. 실제 혼수상태를 경험하며 알아차린 감각일 수도 있고 명멸하는 생명의 유속을 그리 비유한 것일 수도 있다. 그런데 그 감각을 형태로만 이해하려 들면 허무해진다. '흐르는 것'과 '머무는 것'이 모두 물이라는 점에 주목해 보자. "삶은 죽음의 상태로 끝나지 않듯/ 삶의 상태로 시작되는 죽음"이라는 지점에서 시적 화자는 끊어짐 혹은 단절의 의미를 완전히 배제해 버린다. 게다가 "누구도 다 알 수 없는" "상태"라고 하지 않는가. 누구나 경험이 가능한 의식은 아니라는 것으로 이해한다. 물이 물에게 너는 누구냐고 묻지 않듯, 본질이 같은 물성들은 서로를 의심하지 않고 믿음을 배반하지 않는다. 더구나 이념이 아닌 감각으로 받아들인 본질이라면 더욱 그렇지 않을까. 화자가 말하는 물의 상태는 목숨이라는 의미에서 매우 자유로워야 가능한 해법이다. 여기서 주목해야 할 것은 흐르는 물과 머무는 물 사이의 관계를 '연속성'으로 유지하고자 하는 화자의 의도를 받아들여야 한다는 점이다. 생명의 유속에 대한 이해가 가능하다면 물성 아닌 것이 없다. 삶과 죽음을 이미 '상태'로 인식한 그에게 정형화되거나 확고부동한 생명성은 존재하지 않는다.

3. 부조리와 희망의 거리

환상통이 과거의 세계를 복원할 수 없을지도 모른다는 육체적 위기감에서 오는 두려움이라면, 환상방황은 충동과 너머의 세계를 욕망하는 정신의 정체 모를 상실감에서 비롯되는 것이 아니겠는가. 그런데 시인이 여전히 살아있다는 느낌을 회복하기 위해서 발견한 것은 뜻밖에도 느림의 미학에 있었다.

갈라파고스에 가면
세상에서 가장 느긋한 거북이걸음으로
거북이었을 것만 같은 어느 전생을 걸어보고 싶다

로맹 가리의 새들은 페루로 가서 죽는데 ---

신은 무슨 까닭으로
페루 서해안 바다거북을 해류 등에 태워
대서양 속 갈라파고스섬을 살아가는
땅거북으로 바꿔 놓았을까

그 신의 뜻을

갈라파고스 땅거북들은 제 거북 등껍질에
태초의 갑골 문자로 새겨 놓았을 것만 같아

갈라파고스에 가면

거북 등 갑골문을 해독해
태초의 말씀으로도 읽지 못한

신을 읽고 싶다

해류 등을 타고 가는 갈라파고스 땅거북의 느긋함으로
  ─「갈라파고스 거북의 느긋함으로」 전문

　화자는 왜 하필 갈라파고스 거북이의 생을 염원했을까. 이는
높이보다 깊이로 전환된 내면의 심화로부터 마련된 방향이다.
신이 새겨두었다고 여겨지는 거북이 등의 갑골문을 해독하고
싶다고 언표하면서 그는 자신의 전생에 관한 질문을 넌지시 발
설한다. 새들이 왜 먼바다의 섬을 떠나 멀리 떨어진 페루의 해
변에 와서 죽는지 궁금했던 로맹 가리와, 페루의 바다 거북이
를 왜 갈라파고스에 보내 땅 거북이를 만들었는지를 묻는 화자
는 신의 대답을 들었을까. 아니 들을 수 있을까. 화자가 신의 뜻

을 읽고 싶어서 갈라파고스의 땅 거북이가 되고 싶다는 희망을 품었듯 세상의 부조리들은 기막히게도 희망에 연루되어 탄생한다. 로맹 가리는 "그 누구도 극복할 수 없던 단 한 가지 유혹이 있다면 그것은 희망의 유혹일 것이다"라고 말한 바 있다. 우리는 희망에 연루되지 않고선 살아갈 수가 없다. 희망은 아마도 부조리와 함께 발전하는 영원불멸의 양면성일 것이다.

모든 시인은 유일무이한 단독자가 되어야 바람직하겠지만 화자는 시편들 곳곳에 절대적 존재에게 감전된 자신의 의식 세계를 숨기지 않는다. 신의 뜻이 가동된다면 그것은 불가항력적 힘이 개입하는 사건이므로 운명으로 받아들일 수밖에 도리가 없는 영역이라고 생각한다. 다윈Charles Robert Darwin이 『종의 기원』을 쓰게 된 계기를 제공한 이 땅거북이 역시 대륙에서 건너왔으나 대륙과 단절되면서 독자적으로 진화했으며 암수 모두 귀머거리여서 들을 수가 없다고 한다. 가슴속에 새겨진 신의 뜻을 해독하며 세상을 떠돌았던 화자와, 들을 수 없는 서로의 절규를 등에 새긴 채 기나긴 삶을 살아야 했던 갈라파고스의 거북이가 묘하게 겹친다.

4. 고독의 온도

그는 핸드폰, 컴퓨터, 운전면허, TV, 신용카드에서 분리된 사람이다. 그 다섯 가지가 없는, 오무자五無者로서 그는 인공지

능 시대의 인간 위기에 대한 질문으로 시를 쓴다.

나는
과거처럼 미래처럼
현재를 쓴다

과거는 태어나기 전의 나인 것처럼 쓰고
미래는 세상 뜬 뒤의 나일 것처럼 써

아직 태어나지 않아 없는 것처럼
아직 세상 뜨지 않아 있는 것처럼

나를 읽는다

어디로도 흘러가거나 사라지지 않고
내 안에 머물 무렵으로

있음처럼
없음처럼

절대적으로 텅 --- 빈 그리움
절대적 외로움으로 꽉 --- 채운

색즉시공 공즉시색

상태처럼

못 잊어도 잊은 것처럼

다 잊어도 다 못 잊은 것처럼

존재와 부재를

함께 쓰고

함께 읽는다

　–「처럼––– 내 시간 사용법」전문

　오무자의 삶으로 그는 자유로울 것이고 고요할 것이며 때때
로 쓸쓸할 것이다. 그가 선택한 일상은 현실성에서 다소 배제
된 시공간이다. 다르게 살아가기, 다르게 사유하기가 충분히
가능하다. "과거처럼 미래처럼" "태어나기 전의 나인 것처럼"
살고 "세상 뜬 뒤의 나일 것처럼" 현재를 살아간다. "한 번도 감
촉한 적 없는, 그/ 영혼의 몸을 감싸는 목소리"가 들리고 "지구
로부터 나를 떠난" "더는 열정의 해나 감성의 달이 아닌/ 오직
감각의 떠돌이별"(「나는 나를 감돈다」)이 되어 존재한다. 화자의
내면에 직조된 과거-현재-미래는 곧 동시성을 토대로 이루어

진 시공간인 셈이다. 그래서 그는 "과거"와 같고 "미래"와 같은 "현재"를 태연하게 추구할 수 있는 것이다. 태어나기 전의 화자와 죽기 전의 화자가 서로 교신하면서 "있음처럼/ 없음처럼", '흐르는 물'과 '머무는 물'이 공존하는 절대적인 그리움과 절대적인 외로움 속에서 "존재와 부재를// 함께 쓰고/ 함께 읽는" 것은 그래서 가능한 논리이다. 화자가 자신의 시공간에 대한 설명에 친절함을 보여주지는 않는다. 시편들 곳곳에서 보이는 불친절함은 말할 수 없는 것에서 파생된 세계이기 때문이다. 화자의 시편들은 읽기에 따라 이해나 설득의 면에서 상당 부분 엇갈릴 수도 있다는 사실을 부정할 순 없지만 말할 수 없는 것을 말하려 하고, 보이지 않는 것을 보여주려는 화자의 노력은 매우 끈기 있게 나아간다. 영혼은 실상인 몸을 통해 자신이 원하는 바를 구현하고자 한다. 하지만 영혼이 수렴하는 시공간의 속도를 어떻게 알아채고 설명할 수 있겠는가. 쉽지 않다. 이 대목에서 '너는 같은 강물에 두 번 들어갈 수 없을 것이다'라고 말한 헤라클레이토스의 전언이 떠오른다. 화자는 그 영혼의 온도를 다시 경험할 수 있을까.

5. 의미에 대하여

요양원에 뿌리내린 엄마 나무

끝 모르게 자라난 나무 덩굴손
집 부근 은행 창구로 뻗쳐

아흔일곱 해 둥근 나이테 찍는다

(…중략…)

엄마 통장 기초연금 몇 자리 숫자 곁

나이테 인주

나무 입술 붉어도

아흔일곱 해 자식 사랑 나이

그대로 푸른

엄마 목도장

그

오랜 나무 목숨

푸르도록

　－「엄마 나무」부분

따로따로 순간의 하루를 돌아
서로 함께 하루의 영원을 돌리는

엄마 요양원 휠체어
양쪽 바퀴처럼

한없이 평행으로 나란히 – – – 둥글게
운명 줄 쳐 나간다

엄마 삶과 죽음의 나이테 따라

내 몸과 영혼도

한없이 평행으로
나란히 – – –
돌아가면서

한없이 평행으로

둥글게 - - -

돌아올 수 있도록
  -「한없이 평행으로 나란히---둥글게」부분

  박인식의 시 세계는 어머니라는 나무를 통과하지 않으면 불가능한 그림이다. 시집의 2부에 펼쳐진 어머니를 향한 지극한 기록들은 마음을 저릿하게 흔든다. 그는 매일 아침 왕복 네 시간여 거리에 있는 요양원으로 어머니를 만나러 간다. 화자가 그 먼 거리를 마다하지 않고 매일 산행을 하는 심정으로 어머니를 만나고 오는 일은 그에게 큰 기쁨이자 안식이다. 그는 매일 어머니를 만나지 못하는 시간이 오게 될까 봐 노심초사 염려하기도 한다. 왜냐하면 그 오래된 엄마 나무는 과거-현재-미래까지 포괄하는 존재임과 동시에 화자가 지극히 의지하는 둘도 없는 깊은 산이라는 것을 확실하게 알고 있기 때문이다. 세상의 모든 산이 아무리 깊다 해도 어머니의 사랑만큼 깊은 산이 어디 있으랴. 세상의 오래된 나무가 아무리 단단하다 해도 어머니만큼 심지 굳건한 나무가 또 어디 있겠는가. 하여 그는 매일 어머니라는 산을 찾아 어머니라는 나무를 만남으로써 생의 의미를 더 애틋하게 조각한다. 그곳에서 나누는 어머니와의 시간에 대해 화자는 일찍이 "순간의 하루"를 '영원의 하루'로 상정해 두었다. 평생 자식 사랑이 끔찍했던 어머니는 이제

아흔일곱이라는 나이테를 그리고 있다. 어머니와 한없이 평행을 이루며 둥글게 돌아올 수 있기를 바라는 화자의 심중에는 다시 태어나도 당신과 함께 오겠다는 염원이 내포되어 있다. 어머니의 사랑이 윗줄이라면 화자는 밑줄이 되어 "수평선"이나 "지평선"을 그려내고자 하는 결기 어린 목소리는 마치 신에게 올리는 절절한 진언처럼 가슴을 울린다.

그의 시편들은 행간에 의도적으로 큰 여백을 열어두고 사유를 확장하도록 이끌며 시의 울림을 조성한다. 어떤 시편의 뼈대는 심하게 굵거나 울퉁불퉁하고 어떤 뼈대는 매우 연약하고 섬세해서 조심스럽기마저 하다. 흙벽에서는 가끔 오래된 볏짚 냄새가 풍겨오기도 한다. 지붕에서 빗물이 새어든 탓에 소반에는 맑게 정제된 물이 고여 있는데 햇빛 쨍한 날에는 타는 목을 시원하게 적셔주는 듯하다. 귀틀이 맞지 않는 창으로는 날아들어온 민들레 풀씨도 끼리끼리 모여있는 허술하고 소탈한 오두막집. 이 집의 주인은 어디서 왔다가 어디로 가는 나그네일까. 어쩌면 푸른 지구를 탐하러 온 외계의 존재는 아닐까.

삶과 시가 일치되어 있는 그의 모든 시공간은 순간과 영원으로 밀착되어서 매일 영원이라는 하루에 입산하고 순간이라는 평생을 출산한다. 미련과 여운의 발자국들로 보류된 행간에서는 스스로를 정련하는 세계가 무수히 잠재되어 있을 것이다. 발설하면 휘발되어 버리는 진실처럼 허탈과 허무도 진득한 배후가 되고 있다. 화자의 시는 낱낱의 시행을 붙잡으려 들면 오히려 흩어진다. 하지만 한 편 혹은 한 권을 다 읽은 후에는 시편들의 여운이 서로를 애틋하게 껴안고 있다는 것을 발견할 수 있다. 나는 그 행간들 속에서 화자가 잿빛의 하늘을 가르며 남기는 푸르스름한 결을 보았다.

우리는 지금 부조리에 대한 감각이 무뎌진 사회 속에서 살고 있다. 그만큼 희망이 보이지 않는 곳에서 희망을 꿈꾸지 않는 삶을 살고 있다는 뜻이다. 절망을 보이지 않게 가려두고 구원만 속삭이는 현실에서 위기의식은 자꾸 둔감해진다. 사회든 사람이든 아픈 곳이 보이지 않으면 그게 무엇이든 절실함을 잃고 만다. 마비되어 가는 것이 우리의 감각일까, 아니면 존재와 의미의 부조리일까. 철학, 미학, 신학을 넘나들며 펼치는 시인의 사유들은 우주의 법칙들과 긴밀히 연대하고 있다. 그의 감각을 통해 인간과 우주가 서로 밀고 당기는 생의 비밀들에 한 걸음 더 깊이 들어갈 수 있기를 바란다.